I0689889

Paul   Heyse

Ein Ring

Paul Heyse

Ein Ring

ISBN/EAN: 9783337354886

Hergestellt in Europa, USA, Kanada, Australien, Japan

Cover: Foto ©Andreas Hilbeck / pixelio.de

Weitere Bücher finden Sie auf **www.hansebooks.com**

Ein Ring

Paul Heyse

Novelle

(1904)

Wie bist du zu dem seltsamen Ringe gekommen, liebe Tante? Einen so massiven, mit großen schwarzen Buchstaben habe ich nie gesehen. Ist's ein Trauerring? Und was steht in der

Inschrift?

Die kleine alte Frau, an die ich diese Fragen richtete, war eine ältere Schwester meiner Mutter, nur Tante Klärchen von uns genannt. Vor siebzehn Jahren hatte sie ihren Mann verloren, den Bankier Herz, dessen große, schwerfällige Figur mit dem feinen jüdischen Kopfe mir noch aus meiner frühesten Kinderzeit vor Augen steht, da meine Eltern, als ich zwei Jahre alt war, die Frankfurter Verwandten besucht hatten. Nun war diese Lieblingsschwester meiner Mutter nach einem glänzenden Leben an der Seite des wohlhabenden Gatten, dem sie schöne Töchter geboren, in eine unscheinbare Dunkelheit versunken, hatte aber ihre Wohnung an der "Schönen Aussicht" behalten und sie nur selten verlassen, teils weil ihre äußere Lage ihr den früheren Aufwand nicht mehr gestattete und zunehmende Kränklichkeit sie oft ans Bett fesselte, teils weil sie in diesem Hause die freundliche Pflege und Gesellschaft ihres ältesten Bruders genoß, meines Onkels Louis Saaling und seiner Frau, von denen ich in meinen "Jugenderinnerungen" ein mehreres erzählt habe.

Als ich nun in meinem neunzehnten Jahre als fahrender Schüler von Bonn aus den Rhein hinauf wallfahrtete und einige Tage von meinem Onkel beherbergt wurde, ehe ich in die Schweiz weiterzog, faßte ich eine lebhafte Neigung zu dieser Tante Klärchen, die auch mich, schon um meiner Mutter willen, mit einer rührenden Zärtlichkeit ins Herz schloß.

Sie lag damals schon fest auf dem Krankenbette, das sie nicht mehr verlassen sollte. Aber wer von ihren Schmerzen nichts wußte und das feine, edelgebildete Gesichtchen unter dem kostbaren Spitzentuch betrachtete, noch von schwarzen, glänzenden Locken trotz ihrer sechzig Jahre eingefaßt, die Augen von einer seltsamen Onyxfarbe in dem

3

bläulichen Weiß unter den breiten Lidern, dazu das Grübchen in der glatten linken Wange, das bei jedem Lächeln sich vertiefte—konnte sich nicht vorstellen, daß die Tage dieser lieblichen alten Frau gezählt sein sollten.

Klärchen hat immer einen "Chain" gehabt, pflegte meine Mutter zu sagen—der jüdische Ausdruck für das, was wir mit den Franzosen Charme nennen. Diesem Zauber weiblicher Anmut, der aus dem ganzen Naturell der Tante hervorging und bis ins hohe Alter ihr treu blieb, konnte auch ich nicht widerstehen. Ich saß stundenlang an ihrem Bette und ließ mir von ihren Erlebnissen aus der Zeit, da sie mit meiner Mutter jung und lustig gewesen war, erzählen. Sie war nie witzig gewesen, wie "Julchen", aber ein dankbares Publikum für den Humor der Schwester, und hatte eine Menge der drolligen Einfälle meiner Mutter im Gedächtnis behalten. Dagegen mußte ich ihr von meinem Studentenleben berichten, meine kleinen romantischen Abenteuer und Herzensangelegenheiten beichten, und da es kein Geheimnis war, daß ich Verse machte, ihr auch ein und das andere dieser jugendlichen Exerzitien vorlesen. Sie sagte mir nichts darüber, hörte aber mit zugedrückten Augen und einer träumerischen Miene zu, und als ich aufhörte, zog sie meinen Kopf an ihr Gesicht heran, küßte mich auf die Augen und sagte ganz leise: Ich danke dir, lieb Kind. Du bist ein gebenschter (gesegneter) Mensch.

Gewöhnlich ruhten ihre beiden kleinen Hände regungslos auf der grünseidenen Decke, die mit kostbaren Spitzen eingefaßt war. Die ungemein zarte Haut war bleich wie alter, weißer Atlas, der etwas vergilbt ist und seinen Glanz verloren hat, wie auch über ihrem Gesicht kein Schimmer von Röte lag. An beiden Händen aber blitzten die kostbarsten Ringe, zwischen deren Juwelen der dicke Trauerring sich wie ein schlichter Fremdling ausnahm, der

4

sich in eine vornehme Gesellschaft verirrt hatte.

Als ich sie nach ihm fragte, hob die Tante sacht die linke Hand, die ihn trug, und hielt sie nahe vor die Augen, deren Sehkraft schon ein wenig geschwächt war.

Es ist auch ein Trauerring, sagte sie mit ihrer weichen Stimme, nachdem sie ihn eine Weile still betrachtet hatte. Der, von dem ich ihn habe, ist lange schon nicht mehr auf der Erde. Neben den anderen nimmt er sich nicht glänzend aus, und doch ist er mir der liebste von allen. Daß er so dick ist, kommt davon her, weil er eine kleine Haarlocke einschließt, die man sieht, wenn man die innere Kapsel öffnet. Ich habe es seit vielen Jahren nicht mehr getan, will's auch jetzt nicht, es greift mich zu sehr an. Die Emailinschrift aber kannst du selbst lesen.

Sie hielt mir den Ring wieder hin, und ich buchstabierte: Lebe wohl!
Dann sank die Hand wieder auf die seidene Decke.

Wir schwiegen eine Weile.

Ich begriff, daß an dem Ringe ein Stück Leben hing, das ich nicht heraufbeschwören wollte, da es traurig war und ich die liebe Kranke schonen wollte. Ich war aber doch zu neugierig, um nicht auf Umwegen die Enthüllung des Geheimnisses zu versuchen, und so sagte ich nach einiger Zeit ganz unschuldig: Du mußt viele Anbeter gehabt haben, Tante, in deiner früheren Zeit, noch da du schon große Töchter hattest. Mutter hat mir gesagt, wenn du mit ihnen in einen Ballsaal getreten seiest, habe man dich für ihre älteste Schwester gehalten.

Sie nickte still vor sich hin.

Jawohl, lieb Kind, sagte sie, ich wußte das selbst, es wäre

5

kindisch gewesen, mir's verleugnen zu wollen. Aber Anbeter, was man so nennt, die sich einbildeten, sie könnten sich Hoffnungen machen, in besondere Gunst bei mir zu kommen, die hatte ich eigentlich nicht. Es wußt's alle Welt, daß ich meinen Mann lieb hatte und in Ehren hielt, obgleich ich gar keine schwärmerische Neigung zu ihm fühlte, als ich mit siebzehn Jahren ihm angetraut wurde. Ich hatte ihn kaum sechsmal vorher gesehen, und schön war er ja nicht, und daß er mir immer treu bleiben würde, machte ich mir auch keine Hoffnung. Ich weiß auch nicht, wie's später damit stand, wollt's auch nicht wissen. Du weißt aber, bei uns Juden versteht sich's von selbst, daß die Frauen ihren Männern treu bleiben, und die etwa eine Ausnahme von der Regel machten, wurden nicht zum besten darum angesehen, selbst in der damaligen Zeit, wo die guten alten Sitten sehr ins Wackeln kamen.

Damals freilich kam's nicht gar selten vor, und gerade von den Reichsten und Schönsten erzählte man sich allerlei Skandale. Ich hörte nicht viel danach hin. Ich hatte meine Kinder, und viel Freude daran, auch an meinem Hause, wo damals ein groß Leben war, da all die fremden Gesandten beim Bundestage bei uns eingeführt waren.

Natürlich wurde auch mir die Cour gemacht, aber immer auf Französisch, wobei man ja wußte, all die schönen Redensarten durfte man nicht au pied de la lettre nehmen. Ich konnt's um so leichter, weil Herz gar keine Ader von Eifersucht hatte, sondern nur schmunzelte, wenn man auch seine Frau noch schön fand, obwohl sie auf die Vierzig losging und drei große Töchter hatte, eine immer schöner als die andere. Die Adelheid heiratete denn auch bald den Rothschild, die Helene, die die hübscheste war, den Fénélon Salingnac, und die Marianne den Baron Haber. Da hatte ich mit den Ausstattungen, Hochzeiten und bald hernach auch

6

mit Großmutterpflichten alle Hände voll zu tun und das Herz auch, denn daß es auch viel zu sorgen und zu seufzen gab, kannst du dir wohl denken, lieb Kind.

Einen wirklichen, richtigen "Anbeter", wie du's meinst, hatt' ich aber doch.

Das war kein eleganter, galanter Herr, der mir auf Französisch erklärte, daß er mich reizend, unwiderstehlich und grausam fand, sondern ein häßlicher, schüchterner alter Jude, der bei uns im Hause wohnte und mit zur Familie gehörte.

Alt war er nicht gerade, kaum fünfzig, aber er machte den Eindruck, als wäre er nie jung gewesen. Julchen sagte, er sehe aus "wie alt gekauft". Er hieß deshalb nur der alte Ebi, war Buchhalter bei meinem Manne gewesen und hatte dann seinen Abschied nehmen müssen, weil er den Star auf dem linken Auge bekam und das gesunde rechte geschont werden mußte. Herz wollte ihn wegen seiner treuen Dienste mit einer reichlichen Pension entlassen, er bat aber, man solle ihm nur die Hälfte geben, ihm aber erlauben, im Hause zu bleiben, an das er sich einmal so gewöhnt habe, daß er draußen keinen frohen Tag leben werde. Herz lachte so mit seinem tiefen Baß und sagte: Das Haus, an das er gewöhnt ist, das bist du, Klärchen, denn der alte Bursche, das sieht ein Blinder, ist in dich verliebt. Obwohl er aber sonst meschugge ist, die Narrheit kann ich ihm ja nachempfinden —dabei küßte er mir die Hand—und darum will ich ihm, als ein Muster von nachsichtigem Ehemann, den Gefallen tun und er mag im Hause bleiben, bis er mal was ganz Verrücktes anstellt und dich durch seine Narrheit kompromittiert. Dann hat er sich's selbst zuzuschreiben, wenn wir geschiedene Leute sind.

Der Ebi aber nahm sich wohl in acht, irgend so was

7

anzustellen, was mir auch nur unbequem gewesen wäre.

Er saß die meiste Zeit ganz still in seinem Stübchen, das wir ihm eingeräumt hatten, las durch eine große Brille in allerlei hebräischen Schriften, denn bevor er die Kaufmannschaft lernte, war er ein Bocher gewesen und wußte im Talmud Bescheid, und dazwischen schrieb er allerlei auf großen Bogen, was er niemand zeigte. Marianne behauptete, er mache Gedichte. Ich fürchtete, wenn ich ihn danach fragte, würde er sie mir zeigen wollen, und sie seien am Ende an mich gerichtet.

Übrigens machte er sich im Hause nützlich, wo er nur konnte, führte meinen Viktor spazieren, blieb, wenn die Töchter Musikstunden hatten, als Anstandswächter dabei und ließ sich zu jeder Kommission, die ihm einer auftrug, bereit finden, so daß wir ohne unseren alten Ebi ein paar Dienstboten mehr hätten halten müssen. Er aß nie mit uns, sondern in einem kleinen koscheren Gasthause, da er die Speisegesetze hielt, und nur zum Tee kam er manchmal, wo er dann immer sehr reinlich gekleidet erschien, in einem langen schwarzen Rock, der ein bißchen an den Kaftan oder Schubbiz erinnerte, wie ihn die richtigen polnischen Juden tragen, eine weiße Krawatte umgeknüpft, das Haar sorgfältig frisiert. Schön sah er dann erst recht nicht aus, eher komisch, aber bei alledem auch wieder ehrwürdig, mit der großen Nase in dem glattrasierten gelblichen Gesicht, dem feinen blassen Munde und den kleinen, tiefliegenden Augen, die aber, wenn er sich einmal in Eifer sprach, ganz merkwürdig leuchteten.

Man fühlte überhaupt, daß ein ganz eigener Geist in ihm steckte, der die Menschen gründlich durchschaute, und vor vielem, was der großen Menge imponiert, gar keinen Respekt hatte, am wenigsten vor dem goldenen Kalbe. So gesteh' ich auch, daß mir seine stumme Huldigung heimlich schmeichelte und ich jede Gelegenheit ergriff, mich gütig gegen ihn zu erweisen. Er nahm es als eine besondere Ehre auf, daß ich ihn bat, sich in mein Stammbuch einzuschreiben. Am anderen Tage brachte er mir's wieder, ich las, was er geschrieben, in seiner Gegenwart: "Werde, was du bist, dann bist du, was nötig ist." Er war aber nicht zu bewegen, mir den Sinn, der mir dunkel blieb, zu erklären. Herz lachte wieder, da ich's ihm zeigte. Er sagte aber nur, es sei die feinste Schmeichelei, und ich würde eitel werden, wenn ich's verstünde.

Damals hatte ich eine Haushälterin, Mamsell Zipora, keine üble Person und nicht viel über vierzig, die sich in der Zeit, wo sie in unserm Dienste stand, auf rechtem oder unrechtem Wege ein ganz artiges Sümmchen erspart, auch eine Erbschaft zu erwarten hatte. Die hatte sich's in den Kopf gesetzt, den Ebi zu heiraten, und ich begünstigte ihr Projekt, da mir's doch manchmal unheimlich war, wenn die Augen meines Verehrers so schwärmerisch auf mich gerichtet waren, wie die Katholen (so sagte die Tante immer für die Katholiken) zu ihrer Gottesmutter aufblicken. Ebi aber blieb unerschütterlich. Wenn das gute Wesen ihre Karten gar zu offen vor ihn hinlegte, mit Schmeicheln und Streicheln und allerhand aufdringlichen Liebesdiensten wie ein Kätzchen um ihn herumstrich, zog er die dicken, schwarzen Brauen zusammen und sagte im Tone des tiefsten Abscheues: Ich bitt' Sie, Mamsell Zipora, kriechen Sie von mer 'runter!

Worauf die so schnöde Abgewiesene mit einem Ausrufe heftigster Kränkung fortrannte, ohne jedoch die Belagerung ein für allemal aufzugeben.

Ich machte ihm einmal Vorstellungen über seine Herzenskälte. Er sah mich wehmütig an. Madame Herz, sagte er, verzeihen Sie, jeder Mensch hat sein Schicksal. Den

9

meisten kommt's von bösen Menschen, ich hab' meine Not mit den guten—die mir nicht lassen meine Ruh'. Was ich lieb', das bekomme ich nicht, und was mich liebt, das mag ich nicht. Glauben Sie, Madame Herz: Wenn der Mensch ein Schlemihl ist, nimmt sich der Unglück en Kütsch und fahrt em nach.

Die Marianne, die ihn einmal in seinem Zimmer aufgesucht hatte mit irgendeinem Auftrage, erzählte mir sehr belustigt, sie habe ihn beim Schreiben an einem großen Hefte betroffen und wohl gesehen, daß es Verse seien mit dazwischengeschriebenen Namen, und habe ihn gefragt, was für ein Stück er dichte. Er habe es ihr aber nicht gestehen wollen.

Beim nächsten Begegnen fragt' ich ihn selbst darum. Da er mir nun nichts abschlagen konnte, gestand er mit einem schüchternen Erröten, es sei ein Trauerspiel, die Tochter Jephthas, das dichte er aber nicht, um es irgendeinem Theater anzubieten, da er wohl wisse, er verstehe sich nicht auf die richtige dramatische Kunst, sondern nur für sich, zu seinem eignen Vergnügen.

Das müssen Sie uns aber mitteilen, Ebi, sagt' ich. Wenn's fertig ist, müssen Sie mir's vorlesen. Versprechen Sie mir's!

Er errötete noch tiefer, verbeugte sich, ohne ein Wort zu sagen, und ich konnte nicht erkennen, ob meine Bitte ihm lieb oder leid sei. Auch vergaß ich sie selbst. Ich hatte es nur gesagt, um ihn damit zu erfreuen, daß ich mich für sein Tun und Treiben interessierte.

Die gute Tante schwieg eine Weile. Sie hatte den Kopf gegen das Kissen zurückgelegt und die schwarzen Augen still nach der Zimmerdecke hinaufgerichtet. Ich fragte sie, ob sie das Sprechen nicht zu sehr angreife. Sie möge mir das übrige

10

morgen oder ein andermal erzählen, wenn sie sich frischer fühle.

Nein, lieb Kind, sagte sie, ich fühle mich morgen nicht frischer als jetzt. Alte Leute werden überhaupt nur noch ein bißchen aufgefrischt, wenn sie an ihre jungen Tage denken. Aber gib mir das Fläschchen dort von dem Toilettentisch!

Ich reichte ihr das Kristallflacon mit dem silbernen Verschlusse, und sie goß von der Eau de Cologne über ihre Hände und hielt sie dann vors Gesicht. Meine Nase bleibt mir am längsten treu, lächelte sie. Die Zunge ist nicht mehr viel wert, Augen und Ohren lassen mich im Stich, aber an Blumenduft und feinem Parfüm erquick' ich mich noch.

Sie behielt das Fläschchen in der Hand und sah wieder auf den Ring herab.

Nun kommt erst die Geschichte, sagte sie. Ich hab' sie noch keinem Menschen erzählt, nicht mal meinem Mann. Du aber sollst sie hören, weil du ein gutes Kind bist und Schwester Julchen ähnlich siehst und schöne Verse machst. Also paß auf und hör auch, was ich verschweige.

Denn 's ist für eine alte Frau nicht leicht, so recht zu sagen, was sie viele Jahre auf den Herzen gehabt hat, und obwohl's eine Schwäche war, nicht hat loswerden können. Aber du wirst es schon verstehen.

Also, vor etwa einundzwanzig Jahren war's, im Herbst, auf dem ersten Ball, mit dem die Saison wieder eröffnet wurde, im Bethmannschen Hause. Herzens waren natürlich eingeladen und erschienen en grande tenue, Mutter Klärchen und die drei großen Töchter, die jüngste allerdings erst sechzehnjährig. Und die Mädchen sahen wirklich wie die drei Grazien aus, das heißt, wenn deren Toilette nicht

11

von Mutter Natur, sondern von einer Pariser Schneiderin besorgt worden wäre. Das Wort von drei Grazien aber mußt' ich an dem Abend wohl ein dutzendmal hören.

Wir waren natürlich in unserem Anzuge, wie immer, die einfachsten; Herz liebte es nicht, daß ich mich oder die Kinder "putzte", da wir an Schmuck und anderem Luxus doch nicht mit den großen Häusern rivalisieren konnten. So hatte ich nur meine Perlen um den Hals und in den Ohren, die Mädchen nichts als frische Blumen, freilich von den zu dieser Jahreszeit teuersten, die weißen Tüllkleider nach der neuesten Mode, aber ohne kostbare Spitzen, ich in einer ganz hellen, pfirsichfarbenen Robe, ziemlich dekolletiert, wie man eben damals ging, und eine kleine Federagraffe im Haar. Ich wußte, es stand mir gut, doch war's schon längst mein Bestreben, mich zu eklipsieren, um meine Mädchen glänzen zu lassen.

Sie machten auch Sensation, als sie den Saal betraten, und hatten im Umsehen alle Tänze vergeben. Ich selbst gesellte mich zu ein paar älteren Damen, die mir allerlei Schönes über meine Kinder und auch über mich sagten, und ergab mich dann in das allgemeine Mutterschicksal, mich nur noch an fremdem Vergnügen zu amüsieren.

Das hatte ich aber schon zu oft getan, als daß mich's nicht bald ermüdet hätte, und da auch die Damen neben mir mich langweilten, versank ich endlich in eine Art Halbschlaf mit offenen Augen, in dem nur die tanzenden Paare mit der lebhaften Musik wie Schatten, die man im Traum sieht, vorüberschwebten.

Auf einmal aber, in einer Tanzpause, weckte mich aus diesem Dämmerzustand eine bekannte Stimme, die des Grafen Fénélon, der mir einen Freund vorstellte, den Vicomte Gaston de—auch ein sehr aristokratischer Name—, der

12

gestern in Frankfurt angekommen sei als Attaché bei der französischen Gesandtschaft und um die Ehre bitte—und so weiter.

Ich machte, ein wenig verwirrt, die Augen weit auf und sah einen jungen Herrn vor uns stehen, der auch einer geträumten Erscheinung ähnlicher sah als einem leibhaftigen Menschen. Denn so ein schönes, glänzendes Gesicht, mit so mädchenhaft zarten Zügen und doch ganz ernsthaften und feurigen Augen, eine so tadellose männliche Gestalt, dazu angezogen wie ein Gott, doch ohne Stutzerhaftigkeit, war mir noch nicht vorgekommen.

Ich will ihn dir nicht beschreiben. Du könntest dir doch keine
Vorstellung von ihm machen.

Dazu seine Stimme, die durchs Ohr gleich ins Herz drang, obwohl sie gar nichts Insinuantes hatte, sondern ganz schlicht und treuherzig klang, und ein Französisch, wie man's nur in den besten Pariser Kreisen spricht.

Ich war so benommen von alldem, daß ich nicht imstande war, meinen usage du monde zu zeigen, auf den ich mir sonst was zugute tat. Als ich das merkte, wurde ich erst recht ungeschickt, stammelte mein sonst so geläufiges Französisch wie ein Schulkind heraus und dachte: Wenn er nur wieder ginge! Was soll er von dir denken? Im stillen lacht er über dich!

Es schien aber nicht, als ob ihm etwas Lächerliches an mir auffiel. Vielmehr unterhielt er mich auf die geistreichste Art und bat endlich, da ein Platz neben mir frei wurde, um die Erlaubnis, sich zu mir setzen zu dürfen. Fénélon hatte sich verabschiedet und ihm noch etwas zugeraunt. Ich glaubte, gehört zu haben: Elle a quarante ans! und er darauf, so daß

13

ich's hören mußte: Mais elle est ravissante, mille fois plus belle ques ses filles!—was meine Verlegenheit natürlich noch steigerte, so sanft mir's einging.

Die Musik setzte wieder ein. Sie werden Pflichten gegen die jungen Damen haben, sagte ich, denen Sie eine alte Mama nicht abtrünnig machen darf.—Er habe sich für diesmal mit dieser corvée schon abgefunden; mit seinen dreißig Jahren könne man nicht verlangen, daß er einen ganzen Abend herumwirble—, wenn ich erlaubte, möchte er um die Ehre bitten, mich zu Tische zu führen.

Wie gern ich's erlaubte, kannst du denken.

Es war lange her, daß sich jemand ernstlich um mich bemüht hatte, meine Jugend lag weit hinter mir, nun war's, als stünde sie aus ihrem Grabe wieder auf, ich vergaß, daß ich erwachsene Töchter hatte und keine Ansprüche mehr auf eine Eroberung—und eine solche!—Es war wie ein Märchen!

Aber ich kannte ihn ja noch gar nicht. Er ist zehn Jahre jünger als du, dacht' ich. Eine Laune wird es von ihm sein, einmal einer femme de quarante ans so beflissen den Hof zu machen, als sei es ihm Ernst damit, vielleicht bloß um eine andere, mit der er gerade boudiert, zu kränken. Morgen denkt er nicht mehr daran.

Gleichviel! Das Heute war reizend, und ich genoß es, ohne mir Sorgen darüber zu machen, daß es nur ein Traum sein könne. Ich merkte, daß ich zum erstenmal in meinem Leben erfuhr, was es heißt, sich verlieben, und zwar, was ich immer für eine Fabel gehalten hatte, so auf den ersten Blick, wie ein Blitz aus blauem Himmel. Ich erfuhr auch, daß Liebe blind macht. Wenigstens dachte ich während des ganzen Soupers und auch, als er nachher mir immer zur Seite blieb, keinen

14

Augenblick daran, was man von unserem langem Tete-a-tete mitten in der großen Gesellschaft sagen würde, und erst als die Töchter beim Nachhausefahren mich mit diesem Verehrer neckten, kam ich ein wenig zur Besinnung.

Herz war nicht auf dem Ball gewesen. Bälle langweilten ihn, wir
wechselten also ab, da auch ich wenig Vergnügen an der Rolle der
Ballmutter fand, und so chaperonierte der Papa die Kinder bei anderen
Gelegenheiten, wo ich dann zu Hause blieb.

Die Nacht schlief ich nur wenig. Ich war aber so voller Freude über das Erlebte, daß mich gar nicht danach verlangte, von mir selbst nichts mehr zu wissen. So muß einem ganz jungen Mädchen zumute sein nach seinem ersten Ball, wo sein Herzchen zum erstenmal gesprochen hat.

Er hatte um die Erlaubnis gebeten, sich meinem Manne vorzustellen. Daß er gleich am folgenden Tage davon Gebrauch machen würde, wagte ich kaum zu hoffen. Aber wirklich kam er gleich am nächsten Abend, wo wir en petit comité waren, und betrug sich so taktvoll Herz gegenüber, daß der die beste Meinung von ihm faßte und mir zu diesem Anbeter gratulierte. Die Adelheid hatte mich verpetzt, was er aber in seiner gewohnten Manier mit Lachen aufnahm.

Auch wie er nun immer öfter kam und sich als Hausfreund en titre bei uns etablierte, hatte mein Mann nicht das geringste dagegen einzuwenden.

Wir waren auch nie allein, eins oder das andere der Kinder war immer zugegen, mit einer Häkelarbeit oder am Klavier, und oft brachte er auch seinen Freund Fénélon mit, der sich

15

damals eifrig um Helene bewarb. So zu vieren war mir's am liebsten. Jedes Paar gehörte sich dann allein an und hörte nicht nach dem anderen hin. Aber du mußt nicht glauben, daß wir dann zärtliche Gespräche führten. Nie hörte ich ein Wort von ihm, was nicht auch mein Mann hätte hören dürfen, und nur seine Augen und zuweilen sein Verstummen sagten mir alles, was in ihm vorging.

Auch brachte er zuweilen Bücher mit, die mir noch unbekannt waren, da ich ziemlich ungebildet war, und wir sprachen hernach darüber. Oder er las uns eine Racinesche Tragödie vor, was er ganz herrlich konnte, oder Gedichte von Viktor Hugo, der damals eben erst bekannt zu werden anfing. In der Sprache der Dichter machte er mir die feurigsten Erklärungen, und an der Art, wie ich zuhörte, konnte er erraten, wie es um mein eigenes Herz stand.

In der Gesellschaft erzählte man sich, er sei in Paris als ein gefährlicher mangeur de coeurs bekannt gewesen, und man wunderte sich, daß er in Frankfurt gar keinen Abenteuern nachging. Daß er mein Haus so fleißig besuchte, erklärte man sich durch eine Verliebtheit in eine meiner Töchter. Die ehrbare "alte" Madame Herz hatte niemand im Verdacht, dem leichtfertigen jungen Vogel die Flügel beschnitten zu haben.

So dauerte das den ganzen Winter. Es war die seligste Zeit meines
Lebens.

Auch dadurch wurde das Glück nicht etwa getrübt, daß ich mir Vorwürfe gemacht hätte. Ich verstand nicht, daß es Sünde hätte sein können, das Liebenswürdige zu lieben und das Schöne schön zu finden. Meinen Pflichten als Gattin und Mutter wurde ich darum nicht untreu, wenn ich in dem Umgang mit diesem reizenden jungen Freunde mein Herz lebhafter schlagen fühlte. Ich wollte und hoffte auch wirklich nichts weiter, als daß es immer so fortgehen möchte, er einen Tag wie den andern über meine Schwelle treten, um sich dann zu mir zu setzen und eine Stunde lang ganz ernsthaft mit mir zu plaudern. Ich höre noch, wie er beim Eintreten sagte: Guten Tag, Madame Herz. Wie geht es ihnen? Und dann beim Scheiden: Leben Sie wohl! Auf Wiedersehen!

Das waren die einzigen deutschen Sätze, die ich ihm beigebracht hatte, und die er mit so drolligem Akzent von sich gab, daß die unartigen Mädchen immer darüber lachten.

Und so ging der Winter hin. Keines von uns machte sich Gedanken über die Zukunft.

Ende März aber kam das Unglück.

Es war bei einem Diner im Hause Guaita, zu dem auch die Herren von der französischen Gesandtschaft geladen waren. Die Frau vom Hause, die mein Faible für ihn kannte, hatte ihm den Platz neben mir angewiesen. Ich erschrak aber heftig, als er mir den Arm bot, mich zu Tisch zu führen.

Denn er war totenblaß, und auf meine Frage, ob er sich krank fühle, schüttelte er nur stumm den Kopf. Erst als wir nebeneinander Platz genommen hatten, flüsterte er mir zu, er habe vor einer Stunde sein Todesurteil vernommen. Sein Chef habe ihm mitgeteilt, daß er, der Gesandte, nach Konstantinopel versetzt sei. Er, Gaston, müßte schon in der folgenden Nacht dorthin vorausreisen, um allerhand Präliminarien abzumachen und gewisse Weisungen für das Gesandtschaftshotel persönlich zu überbringen. Leider könne der Gesandte ihm nur vierundzwanzig Stunden bewilligen, um sich zur Abreise zu rüsten und sein Zelt in Frankfurt abzubrechen.

Du kannst denken, lieb Kind, wie diese Eröffnung auf mich wirkte. Ich war einer Ohnmacht nahe, und nur ein Glas Sherry, das Gaston mich auszutrinken nötigte, gab mir wieder ein wenig Contenance.

Aber der Rest des Diners verlief so traurig, wie eine Henkersmahlzeit. Wir sprachen fast nichts miteinander und aßen kaum einen Bissen. Zuletzt kamen wir überein, daß er morgen noch einmal kommen sollte, um Abschied zu nehmen. Am nächsten Abend war eine Soiree, ich entsinne mich nicht, bei wem, nur daß schon ausgemacht war, Herz sollte diesmal die Mädchen hinbegleiten und ich zu Hause bleiben. Um halb neun fuhren sie zusammen fort. Wenn Gaston um neun kam, traf er mich allein, und da er um zehn zu seinem Chef bestellt war, um noch Briefe und Depeschen in Empfang zu nehmen, blieb eine volle Stunde, die uns gehörte. Ich werde Ihnen Briefe an Wiener Damen mitgeben, mit denen ich befreundet bin: Frau Arnstein und Eskeles und die Baronin Pereira. Da Sie sich einige Zeit in der Kaiserstadt aufhalten sollen, kann Ihnen die Einführung bei diesen sehr angesehenen Damen vielleicht irgendwie nützlich sein, und jedenfalls wird es Ihnen wohltun, mit irgend jemand von Ihrer alten Frankfurter Freundin sprechen zu können.

So überstanden wir dies martervolle Diner. Aber die folgende Nacht und der Tag darauf vermehrten nur meinen Schmerz, der manchmal zu völliger Verzweiflung wurde. Jetzt erst kam mir so recht zum Bewußtsein, daß ich ihn liebte, immer geliebt hatte, und wie ich ihn liebte! Von ihm getrennt zu werden, stand mir vor Augen wie der schlimmste Tod, mein Leben hernach wie eine Wüste, in der nichts Grünes, Tröstliches für mich sprießen könnte!

Und so schrieb ich die Empfehlungsbriefe unter strömenden Tränen und erwartete die letzte Stunde wie eine zum Tode

18

Verurteilte.

Um halb neun kam Herz mit den Kindern, mir gute Nacht
zu sagen. Sie fanden mich blaß und angegriffen. Du hast
Fieber, Frau, sagte Herz. Du mußt früh zu Bett gehen. —
Freilich hatte ich den ganzen Tag wie im Fieber zugebracht,
es brannte und glühte mir im Blut, wenn ich an den Abend
dachte, an den Abgrund, in den mich's dann fortreißen
konnte. Aber obwohl mir bei dem Gedanken schwindelte,
fürchtete ich's doch nicht und sehnte es herbei. Mir war wie
einem Fieberkranken, der am Rande eines tiefen Meeres
hingeht. Bloß um sich endlich zu kühlen, möcht' er sich
hineinstürzen, wenn ihm die Wellen auch über den Kopf
zusammenschlügen, daß er in eine bodenlose Tiefe versänke.

Gleich nachdem die anderen fortgefahren waren —ich lag auf
dem Sofa und zählte die Minuten—, da klopft's. Ich fahre
auf und denke: Sollt' er's schon sein?—Ich hatte meiner
Kammerjungfer gesagt, ich sei für niemand zu Hause, bloß
wenn der Vicomte käme, der verreise, und ich hätte ihm
noch Briefe mitzugeben.—Aber wie ich Herein! rufe und die
Tür sich öffnet, wer tritt über die Schwelle? Der Ebi.

Sie haben mir erlaubt, Madame Herz, wenn ich mit dem
Trauerspiel fertig wär', sollt' ich kommen und's Ihnen
vorlesen. Da Sie heute bleiben zu Haus, hab' ich mir
gedacht-Ich nickte bloß, und er kam herein. Ich fand nicht
gleich einen Vorwand, ihn fortzuschicken, und dann dacht
ich: Laß ihn nur lesen, das hilft mir über die Pein der
Erwartung hinweg, und wenn Gaston dann kommt, wird
er von selbst wieder aufbrechen. Er bleibt ja nie, wenn ich
Besuch habe. Also setzte er sich auf ein Fauteuil neben dem
Sofa, schlug sein großes Heft auf und fing an zu lesen,
wobei seine Stimme vor Aufregung zitterte und auch die
Hände, die die Blätter umschlugen. Er las mit einer
eintönigen, leisen Stimme, und zuweilen geriet er in einen

19

singenden Ton, wie die Vorbeter im Tempel, die ich als Kind gehört hatte. Denn seit meiner Verheiratung war ich nicht mehr in die Synagoge gekommen.

Was er las, wußte ich nicht, auch nicht, ob es Verse waren oder überhaupt Sinn und Verstand hatte. Nur so viel wurde mir allmählich klar, daß es eine Liebesgeschichte war, die er zu der biblischen Historie hinzuerfunden hatte. Ein junger Ammoniter, der unter den Gefangenen mit Jephtha nach Hause gekommen war, hatte sich in die unglückliche Tochter verliebt, die nach dem übereilten Gelübde des Vaters sterben sollte, weil sie die erste gewesen war, die dem heimkehrenden Sieger aus seinem Hause entgegengekommen war. Auch das Mädchen hatte zu dem Jüngling eine Neigung gefaßt, obwohl er aus dem Stamm der Feinde ihres Volkes war und nicht zu dem Gott ihrer Väter betete. Als er aber in sie drang, während der Todesfrist von zwei Monaten, die sie auf dem Berge zubrachte, um ihr verlorenes Leben zu beweinen, sich zu retten und mit ihm zu entfliehen, widerstand sie ihrem Herzen und blieb beharrlich dabei, sich zu opfern, da ihr Vater "seinen Mund aufgetan habe gegen den Herrn", und sie sein Gelübde heilig halten müsse.

Das Beste an der Dichtung schien nur, soviel ich davon begriff, daß sie kurz war und viele Psalmenstellen und fromme Sprüche aus der Schrift enthielt, und so kam der Vorleser fast bis ans Ende, zu dem schwärmerischen Lobgesange der Jungfrau kurz vor ihrem Tode, als es wieder an die Tür klopfte. Und diesmal war er's.

Seine schönen Augen verfinsterten sich, als er den Alten bei mir fand. Auch brachte er nicht seine paar deutschen Redensarten vor, mit denen er mich sonst begrüßte, sondern sagte: "Bon soir, Madame! Vous allez bien? Mais vous n'êtes pas seule. Si je vous dérange—"

20

Ich faßte mich so gut ich konnte, stellte die Herren vor, wobei Gaston dem armen Ebi einen Blick zuwarf, wie einem todeswürdigen Verbrecher, und sagte, unser alter Hausgenosse habe mir ein selbstverfaßtes Drama vorgelesen, wir seien eben zum Schlusse gelangt.

Ich dachte nicht anders, als daß der Alte nun gehen würde. Er sprach auch nicht Französisch, obwohl er es verstand. Er machte aber keine Miene, aufzubrechen, nur daß er seinen Platz mit einem anderen Sitz etwas weiter vertauschte.

Sie lesen mir den Schluß wohl ein andermal, Ebi, sagte ich. Das Stück ist sehr schön. Vielleicht kann es sogar aufgeführt werden.

Auch das half nicht. Er antwortete mit einer stummen Verbeugung, blieb dann aber stocksteif sitzen, das Heft auf den Knien, die Augen gegen das Teppichmuster gerichtet.

Ich dachte, er würde doch endlich merken, daß er zuviel sei, wenn ich gar keine Notiz mehr von ihm nähme und die Konversation französisch weiterginge. Also bat ich den Vicomte, Platz zu nehmen, fragte, wann er reiten würde— diese Nacht noch um Mitternacht—, ob er auch mit warmen Decken versorgt wäre—eine von mir müsse er durchaus mitnehmen—und sprach dann von den Briefen an die Wiener Damen, das gleichgültigste Geplauder von der Welt, während mir das Herz klopfte, als ob es aus der Brust springen wollte.

Und der Alte dabei immer regungslos wie eine Bildsäule!

Noch jetzt weiß ich nicht, warum ich's nicht über die Lippen brachte, zu sagen: Lassen Sie uns allein, Ebi. Ich habe dem Herrn Vicomte noch etwas unter vier Augen zu sagen. Aber ich wußte, bei den Worten würde ich rot

21

werden, wie ein ertapptes Schulkind, und er würde mir meine sündhafte Leidenschaft am Gesicht ablesen.

So quälte ich mich, den Faden des Gesprächs fortzuspinnen, wobei Gaston mir wenig half. Denn er war dermaßen verzweifelt über sein Unglück, mich zum letztenmal nicht ohne Zeugen sehen zu können, daß ihn alle Geistesgegenwart verließ und er die sonderbarsten Antworten auf meine Fragen gab. Zuweilen sprang er auf, tat ein paar hastige Schritte durchs Zimmer, blieb vor der Uhr auf dem Kaminsims stehen und warf sich dann wieder in den Sessel, mit einem Seufzer, der einen Stein hätte erweichen können, an dem alten Cerberus aber ohne jeden Eindruck abglitt.

Je länger es dauerte, je mehr sank mir der Mut, je länger wurden auch die Pausen in unsrer Konversation. Endlich schlug die Uhr zehn. Da stand er auf, er konnte sich kaum auf den Knien halten. Es ist Zeit, stammelte er. Der Graf erwartet mich. Oh Madame...

Die Stimme versagte ihm. Auch ich hatte mich erhoben, obwohl ich mich nur mit Mühe aufrecht erhielt. Ich begleite Sie noch hinaus, sagte ich, Herr Ebi wird mich einen Augenblick entschuldigen.

So ging ich ihm voran nach der Tür. Ah, Madame, j'ai la la mort au coeur. Vous quitter, sans vous dire.—Oh si vous saviez—!

Je sais tout, mon ami, flüsterte ich, et croyez—moi, si vous souffrez—moi aussi, j'ai le coeur si plein—je suis au désespoir!

Damit öffnete ich die Tür und dachte, draußen—wenn auch nur auf kurze Minuten—würd' ich mich ihm an die Brust

22

werfen und ihm sagen, was ich um ihn gelitten. Als ich aber hinaustrat, sah ich eine andere Feindin meines letzten schmerzlichen Glücks bei einer Lampe am Pfeilertischchen sitzen, eine Näharbeit in den Händen—Mamsell Zipora!

Ich habe nachher erfahren, meine Kammerjungfer hatte der tückischen Person, ohne sich was dabei zu denken, erzählt, ich erwartete heute abend den Vicomte, der Abschied zu nehmen komme. Das hatte die sich zunutze gemacht, um es dem Ebi, den sie immer noch zu fangen hoffte, schadenfroh beizubringen, die Frau, die er heimlich vergötterte, sei auch nicht besser als alle anderen, um sich und ihre Tugend dadurch in ein vorteilhaftes Licht zu setzen. Und der unselige Mensch hatte sich von einer Eifersucht, die er sich selbst vielleicht nicht eingestand, verleiten lassen, den Wächter zu machen und den Rivalen aus dem Felde zu schlagen.

Sie war von der Erinnerung an diese schmerzlichste Stunde ihres Lebens so erschüttert, daß sie lange nicht fortfahren konnte, sondern immer sich mit dem Kölnischen Wasser die Stirn benetzte und mit geschlossenen Augen dalag.

Endlich sagte sie: Wie ich den Weg in mein Zimmer zurückfand und bis zu dem Sofa gehen konnte, ist mir ein Rätsel. Ich fühlte mich wie vernichtet, was jetzt noch werden konnte, war mir unfaßbar, ich sank auf das Polster nieder, drückte mein Tuch gegen die Augen, und brach in krankhaftes Schluchzen aus.

Daß Ebi im Zimmer war, hatte ich völlig vergessen.

Da hörte ich plötzlich seine Stimme, in dem feierlich singenden Tone, wie bei den Psalmenversen seines Trauerspieles: Madame Herz, ich habe Sie immer verehrt, heute bewundere ich Sie. Der Sieg, den Sie über sich selbst

23

davongetragen, ist größer als der von Jephthas Tochter. Sagen Sie nicht, daß ich Ihnen dabei geholfen hab'. Wenn Sie nur gesagt hätten ein einzig Wort: Ebi, verlassen Sie mich, —so wahr Gott lebt—ich wäre gegangen, so sehr es mich hätt' geschmerzt, aber Sie wissen, ich bin ihrem Wort gehorsam, wie ein Hündlein seinem Herrn. Daß Sie nicht gesagt haben das eine Wort, das macht Ihnen mehr Ehre als einem König, der große Länder erobert, oder einem gewappneten Mann, der allein ein ganzes Heer besiegt. Denn wie es im Prediger Salomonis heißt: Lieblich und schön sein ist nichts, aber ein Weib, das den Herrn fürchtet, das soll man loben, und in Jesus Sirach: Ein schönes Weib, das fromm bleibt, ist wie die helle Lampe auf dem heiligen Leuchter. Erlauben Sie, Madame Herz, daß ich den Saum küsse an Ihrem Gewande.

Ich fühlte dunkel, wie er es tat, und hörte, wie er dann das Zimmer verließ. Da brach es erst recht bei mir aus, und ich weinte und weinte—bis eine Ohnmacht sich meines armen gefolterten Herzens erbarmte.

Am folgenden Tage und auch den nächsten darauf konnte ich das Bett nicht verlassen. Es war keine Krankheit, meinte der Arzt, aber eine Erschöpfung all meiner Lebenskraft. Als ich wieder aufstehen konnte, dauerte es noch Wochen, bis ich den Anblick von Menschen wieder ertragen konnte. Ebi und Mamsell Zipora durften mir nicht vor Augen kommen.

Dann erhielt ich von Konstantinopel aus seinen Ring und einen Brief dabei, voll schmerzlichster Geständnisse. Ich zeigte beides meinem Manne, ohne ein Wort dabei zu sagen, und er gab es mir ebenso schweigend zurück. Ich wußte, daß er ein zu kluger Kenner des weiblichen Herzens war, um es als eine Sünde anzusehen, wenn meines gegen das liebenswürdigste, was die Erde trug, schwach gewesen war.

24

Daß ich einen ganz ähnlichen Ring machen ließ mit der Inschrift: "Pour toujours", sagte ich Herz nicht. Er hätte die Devise, die zweideutig war und ewige Liebe oder ewige Trennung bedeuten konnte, doch vielleicht in dem ersten Sinne verstanden. Zugleich schrieb ich ein paar Zeilen, die die Bitte enthielten, mir nicht wieder zu schreiben. Er erfüllte diesen Wunsch. Ich hörte nur selten einmal durch Dritte von ihm. Schon nach fünf Jahren kam die Nachricht von seinem Tode.

Das ist die Geschichte von diesem Ringe, die du hast wissen wollen, lieb Kind. Daß ich sie dir erzählt hab', mag dir beweisen, wie lieb du mir bist. Nicht einmal deine Mutter weiß das Genauere davon. Du magst es ihr einmal wiedererzählen.-Ich war sehr ergriffen von dieser rührenden Geschichte und wußte nicht, was ich sagen sollte, meinen Anteil auszudrücken. Als der naive Jüngling, der ich war, sagte ich endlich das Ungeschickteste: So schmerzlich es dir sein muß, Tante, so oft du den Ring betrachtest, du kannst es wenigstens ohne Reue tun.

Sie sah still vor sich hin. O Kind, sagte sie leise, du bist noch jung. Du hast noch nicht erfahren, daß es manchmal am bittersten schmerzt, wenn man bereut, daß man nichts zu bereuen hat. Das sag aber nicht weiter!

Am folgenden Tage setzte ich meine Reise fort. Als ich einen Monat später wieder nach Frankfurt kam, fand ich die geliebte Tante nicht mehr unter den Lebenden. Der Onkel händigte mir eine kleine Schachtel ein, die sie ihm für mich übergeben hatte, und deren Inhalt er nicht kannte. Der Ring lag darin und ein zärtliches Segenswort, das sie mit zitternder Hand noch auf ihrem Sterbebette geschrieben hatte.

Seitdem ist dies teure Andenken nicht von meiner Hand

25

gekommen. Die Emailbuchstaben sind ausgewaschen, der Goldreif ist brüchig geworden, die kleine Hand, an der ich das Kleinod zuerst gesehen, ist längst vermodert, doch was mir der sanfte Mund vertraut, lebt unvergeßlich in meiner Erinnerung fort.

www.ingramcontent.com/pod-product-compliance
Lightning Source LLC
Chambersburg PA
CBHW061240260626
47172CB00003B/948